la courte échelle

Les éditions la courte échelle inc.
Montréal • Toronto • Paris

Ginette Anfousse

Née à Montréal, Ginette Anfousse dessine presque sérieusement pendant six ans, pour la télévision, les journaux et les revues. Ensuite, elle se met à écrire. Elle reçoit de nombreux prix autant pour le texte que pour les illustrations: 1987, prix Fleury-Mesplet comme meilleur auteur de littérature-jeunesse des dix dernières années; 1988, Prix Québec-Wallonie-Bruxelles pour *Les catastrophes de Rosalie,* Prix d'excellence de l'Association des consommateurs du Québec et Prix du Gouverneur général pour *La chicane* et pour *La varicelle. Les vacances de Rosalie* est le cinquième roman de Ginette Anfousse à la courte échelle.

Et comme Ginette Anfousse adore faire rire et sourire les petits et les grands, elle continue de plus belle.

Marisol Sarrazin

Marisol Sarrazin est née à Sainte-Agathe-des-Monts en 1965. Elle est présentement étudiante en Design graphique à l'UQAM. Ses dessins égaient certains manuels scolaires et *Le petit devoir*. Elle adore toutes les formes de communications visuelles. Chose certaine, elle a du talent à revendre. *Les vacances de Rosalie* est le quatrième roman qu'elle illustre à la courte échelle.

À Fabien, Zoé, Érika, Olivier,
Marie-Chantal, Laura, Antoine, Vincent,
Charles, Alexis et Florence
pour avoir partagé les vacances
pendant l'écriture de ce roman,
au lac Labelle

Les éditions la courte échelle inc.
5243, boul. Saint-Laurent
Montréal (Québec) H2T 1S4

Conception graphique:
Derome design inc.

Révision des textes
Odette Lord

Dépôt légal, 1er trimestre 1990
Bibliothèque nationale du Québec

Données de catalogage avant publication (Canada)

Anfousse, Ginette, 1944-

Les vacances de Rosalie

(Roman Jeunesse; 21)
Pour enfants à partir de 9 ans.

ISBN 2-89021-116-9

I. Sarrazin, Marisol, 1965-   II. Titre.   III. Collection.

PS8551.N46R67 1990   jC843'.54   C89-096432-7
PS9551.N46R67 1990
PZ23.A53Ro 1990

Ginette Anfousse

LES VACANCES DE ROSALIE

Illustrations
de Marisol Sarrazin

Prologue

La vieille Camaro d'André Surprenant se traînait depuis deux jours sur les autoroutes américaines. Elle avait quatre étages de bagages harnachés sur le toit et tout le monde nous regardait de travers. André avait dû s'arrêter vingt-deux fois pour reficeler son bric-à-brac et quatorze fois pour que je prenne l'air.

J'avais si mal au coeur. J'étais tellement coincée entre tante Élise, tante Gudule, leurs pots de crème, leurs pattes de grenouille, leurs chapeaux de paille, leurs chaises pliantes et leur parasol géant.

Bref, j'étais certaine que ce seraient

les plus belles vacances de toute ma vie parce que... J'AVAIS RÉUSSI. J'avais réussi à convaincre tante Diane, André, son amoureux qui enseigne la géographie dans un cégep, tante Élise et tante Gudule de venir passer deux semaines au bord de la mer. Deux semaines en même temps et presque à côté de la famille Hamel.

Tante Alice, tante Béatrice, tante Colette et tante Florence ont préféré rêver sur le balcon du boulevard Saint-Joseph. Elles surveillent la maison et s'occupent de mon chat, Charbon.

Enfin, c'est si grand, les États-Unis! Si loin, la Floride! Et j'avais si hâte d'arriver! Si hâte de revoir mon grand héros viking.

Et finalement... j'ai aperçu l'océan bleu derrière les dunes. J'en ai eu le souffle coupé. J'ai oublié, d'un coup, ma sapristi de mocheté de voyage en auto et j'ai pensé: «BLEU! PRESQUE AUSSI BLEU QUE LES YEUX DE PIERRE-YVES HAMEL!»

Chapitre I
Pire que Robinson Crusoé

Il y a du monde qui aime le monde. Du monde qui aime que ça bouge. Et il y a du monde qui gâche tout. Du monde qui préfère la solitude, la vraie, même en vacances. Tante Élise est la pire sauvage que je connaisse.

On arrivait à peine au motel Ocean View, qu'elle grimpait dans les rideaux. Elle répétait comme un vieux perroquet:

— Pas question que je passe deux semaines au milieu de ce cirque!

Pourtant le gérant du motel souriait en lançant des *welcome* si chaleureux. Il disait même comprendre notre langue. Enfin, André a bien tenté de lui demander, en anglais comme en français:

— Où est le coquet bungalow, avec vue sur la mer, qu'on a loué par correspondance?

L'Américain s'obstinait à nous pousser à l'intérieur d'une sorte de maison mobile entourée d'une centaine de roulottes.

Hors d'elle, tante Élise l'a d'abord accroché par la manche. Puis tiré un peu. Puis très fort. Finalement, en pointant l'index sur l'étendue d'Ocean View, elle a lancé avec tout le sapristi de dédain dont elle est capable:

— C'est le va-et-vient de l'océan, *Sir!*, l'odeur iodée du varech, *Sir!*, les couchers flamboyants du soleil, *Sir!*, que nous sommes venus voir et entendre... pas vos trente-six postes de radio qui hurlent du *heavy metal* entre soixante cordes à linge et vingt-deux stands de patates frites!

Puis Élise s'est mise à secouer les cocotiers imprimés sur la chemise de l'Américain en répétant:

— *Do you understand, Sir? Do you understand?*

Le gérant du motel était particuliè-

rement de bonne humeur. Il souriait toujours.

Moi, j'avais honte. Si honte! Il y avait des dizaines de vacanciers autour et ça parlait français partout.

Je me suis faufilée jusqu'à la voiture. Je me suis laissée glisser tout au fond. Et, pour disparaître tout à fait... j'ai dissimulé ma tête d'indienne javanaise en dessous de la pile de pattes de grenouille.

Ça sentait le caoutchouc. J'avais de nouveau le cœur à l'envers. Puis j'ai entendu l'Américain jargonner:

— *No problem, Miss! No problem! I've exactly the paradise* que vous cherchez! *My son, Terry,* conduire *you,* avec son auto.

***

Quinze minutes plus tard, j'ai osé relever la tête. La Camaro d'André suivait une planche de surf attelée à une incroyable jeep à pois verts, à pois roses, à pois blancs.

On a roulé longtemps sur une maigre route sablonneuse. Enfin, le coquet bungalow est apparu. Seul! Si seul et sans voisin aucun!

Tante Élise, pâmée, volait au-dessus des nuages. Moi, j'ai fixé l'unique palmier qui se balançait sur le bord des dunes. L'océan derrière était toujours aussi bleu que les yeux de mon amoureux. Mais mon grand héros viking n'était plus dans les parages. Il était quelque part derrière. Quelque part, mais loin. Si loin que j'avais presque envie de chialer.

J'aurais sûrement chialé, si je n'avais pas entendu derrière mon épaule:

— *Hi! I'm Terry. Terry Wayne. You speak English?*

J'ai sursauté. Je me suis retournée.

16

Mon coeur a bondi dans ma gorge. Puis dans mes orteils. Puis dans mes oreilles.

Le fils du gérant d'Ocean View était si blond! Si bronzé! Et il avait les yeux beaucoup, beaucoup plus bleus que la mer bleue. J'ai bafouillé en lorgnant ma paire de souliers de course:

— *I speak English just a little bit...* Je m'appelle Rosalie Dansereau *and I come from Quebec.*

Terry a souri. Puis il a dit:

— *Oh! Great! I love Quebec* et... LES FRANÇAISES!

Le coeur m'a refait le coup des orteils et des oreilles. J'ai dû rougir comme une imbécile. Enfin, en marchant vers la Camaro, il a continué:

— *Wow! What a pile of luggage! Can I...* aider toi?

J'ai hésité entre *yes* et *no.* Finalement, j'ai souri à mon tour. Ensemble, nous avons dénoué les quatre étages de bagages empilés sur le toit.

André et mes tantes transportaient leurs paquets à mesure. Quand tout fut rangé, même ma super bicyclette tout terrain, Terry est remonté dans sa jeep. Et, juste avant de remettre son moteur en

marche, il a demandé:

— Tu aimer, faire *surfing with me?*

Je sais que je nage comme une ancre de bateau. Même que je ne sais pas nager du tout. Mais j'ai répondu comme la pire sapristi de mocheté d'idiote:

— *Oh! Great! I love surfing...* et LES AMÉRICAINS!

J'ai très bien vu tante Élise pouffer de rire. Gudule rouler ridiculement les yeux vers le ciel. Tante Diane et André se taper un clin d'oeil. Malgré tout, j'ai secoué ma tignasse noire et j'ai répété en fixant Terry dans le bleu des yeux:

— *Yes, I love surfing* et LES AMÉRI-CAINS!

Ensuite j'ai suivi longtemps la planche de surf qui repartait vers Ocean View. À l'horizon, la poussière retombait sur la route qui longe l'océan Atlantique. Je me suis retournée vers le bungalow de rêve. Et j'ai réalisé que...

J'ai réalisé combien le paradis de tante Élise était loin. Aussi loin de tout ce qui bouge... que la mansarde perdue de Robinson Crusoé. J'ai ravalé ma salive et je suis rentrée.

Chapitre II
Les chiots et l'eau salée

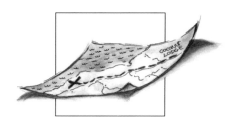

Le lendemain, malgré l'absence de tante Béatrice, surnommée «le Céleri surveillant», le bungalow était aussi bien organisé que notre maison du boulevard Saint-Joseph.

Sur la plage, tante Élise, cachée sous un parasol démesuré, entamait une brique de quatre cents pages sur les moeurs des babouins. Tante Gudule, étendue sur une serviette, les deux oreilles branchées sur son baladeur, se badigeonnait le corps avec des crèmes solaires. Un peu à l'écart, tante Diane et son amoureux s'amusaient dans la vague.

Moi, assise sur la véranda, je mesurais,

sur une carte de la région, les trente kilomètres qui séparaient maintenant notre bungalow du bout du monde, du Coconut Lodge.

Le Coconut Lodge où la famille Hamel avait loué son motel. Le Coconut Lodge où je devais rejoindre Pierre-Yves, mon grand héros viking.

Je me suis levée pour caresser ma BMX tout terrain. Le cadeau flambant neuf de mes tantes! Comme j'avais eu raison d'insister pour qu'il fasse partie du voyage! Enfin, il faisait si beau, il faisait si chaud que j'ai décidé d'enfiler mon deux-pièces. Et j'ai couru vers l'eau salée pour apprendre à nager.

***

Selon tante Élise, le moindre chiot qui tombe à l'eau remue immédiatement les pattes et nage d'instinct. La grande spécialiste des chimpanzés se trompe rarement quand elle parle des animaux. Mais, sitôt qu'elle les compare à des êtres humains, elle parle toujours à travers son chapeau.

La preuve, quelques minutes plus tard, le professeur de géo me récupérait de justesse par le fond de culotte.

Je suis certaine d'avoir roulé une bonne demi-heure, cul par-dessus tête, dans la vague et d'avoir avalé le quart de l'océan Atlantique.

L'eau salée me sortait par les oreilles, la bouche, le nez et j'avais perdu mes lunettes de soleil.

À demi noyée, j'ai jeté un regard plein d'amertume sur l'étendue si bleue. Puis sur tante Élise qui m'enroulait dans un tissu éponge en marmonnant:

— Pourtant, mon oiseau des îles... j'aurais cru que...

La pauvre voyait déjà le chiot améliorer son style papillon.

Maintenant, j'avais une trouille de tous les diables. Je ne suis pas courageuse pour deux sous. Mais tante Gudule insistait tellement sur les prouesses inimaginables des surfeurs américains que... je suis retournée une deuxième fois dans les vagues grosses comme des dos d'éléphants.

Accrochée aux bras de Diane et d'André, j'ai avancé vers les rouleaux qui se dressaient comme un mur avant de s'effondrer en mousse autour de mes chevilles. Effrayée, j'ai voulu reculer, mais les amoureux m'entraînèrent plus au large. Là où la mer est, paraît-il, plus tranquille.

Je n'aurais pas dû.

J'avais de l'eau jusqu'au nombril lorsqu'une lame de fond, quatre fois haute comme la Camaro d'André avec ses bagages dessus, m'a soulevée, basculée, roulée et recrachée sur la plage.

Je venais d'avaler un autre quart de l'océan Atlantique et, cette fois, j'avais perdu la bague de Pierre-Yves. La bague qu'il m'avait prêtée. La bague qui comptait tellement pour lui. La bague qui comptait par-dessus tout pour moi.

L'eau salée me sortait encore par les oreilles, la bouche et le nez. J'en avais assez.

À demi morte, je me suis étendue sur le plancher des vaches, bien au chaud dans le sable.

Une heure plus tard, je venais d'attraper le pire coup de soleil floridien qu'une vacancière canadienne pouvait attraper. Tante Gudule, sans pitié aucune, m'a barbouillé le corps d'une super couche de crème blanche aussi froide qu'un

sorbet à la vanille.

Avec mon deux-pièces vert perroquet, j'avais l'allure d'une pâtisserie française, plus particulièrement d'une meringue entre deux tranches de kiwi.

Finalement, pour rassurer tout le monde, je me suis tassée sous le parasol géant, à côté de tante Élise. Et j'ai lancé un regard haineux aux alentours. D'abord au bungalow de rêve. Puis au ciel sans nuages. Puis à l'étendue si bleue où dormaient avec les pieuvres, les éponges, les méduses et les poissons tropicaux... mes lunettes toutes neuves et la bague de Pierre-Yves.

Ensuite, j'ai fermé les yeux et j'ai repensé à ma bicyclette tout terrain appuyée sur le mur de la véranda. Alors, je me suis approchée, puis collée sur l'épaule de tante Élise. Et, délicatement, avec mille précautions, j'ai parlé des performances de ma BMX et... du Coconut Lodge.

Peine perdue. Tante Élise a immédiatement regrimpé dans les rideaux et crié comme une sapristi de mocheté d'adulte qui a peur de tout:

— Pas question, tu entends! Pas question que tu fasses trente kilomètres à bicyclette, seule et dans un pays inconnu! Tu baragouines un anglais terrible! Tu ne sais pas nager! Tu n'as que douze ans et tu bronzes comme... une pinte de lait.

Je ne voyais pas le rapport entre mes douze ans et la pinte de lait. Mais, pour une raison que j'ignore, elle en voyait un.

Comme tante Élise était aussi têtue et obstinée que la vague qui répétait son *splash shoou, splash shoou* sur la grève... j'ai pris mes cliques, mes claques, mon sac de plage et mes sandales et je suis retournée au bungalow.

Dans la pile de cartes postales achetées en chemin, j'ai choisi celle qui ressemblait le plus à notre paradis perdu. Et j'ai décidé d'écrire à mes tantes. À celles qui avaient eu la bonne idée de rêver sur leur balcon! De surveiller la maison! Et de s'occuper de mon chat, Charbon! Finalement, j'ai écrit en petit, petit:

Merveilleux voyage en Camaro! Bungalow de rêve aux pieds de l'océan bleu! Soleil éblouissant! Palmiers regorgeant de noix de coco! Plages blanches comme des pintes de lait! Je nage presque! Merci pour ma super BMX. Me sera peut-être utile un jour? Je vous embrasse toutes les quatre! Charbon surtout!

J'ai signé: *Votre fille adoptive.*

Ensuite, je suis redescendue vers la plage demander un timbre américain. Personne n'en avait. Tante Gudule, toujours sans pitié aucune, m'a refait le coup de la pâtisserie française. Pour couronner le tout, tante Élise m'a foutu sur le crâne le plus abominable des chapeaux de paille.

Il y avait dessus une vingtaine de pamplemousses, d'ananas, de limettes, de papayes, de tomates et d'aubergines entrelacés. J'avais l'impression d'avoir sur la tête un spécimen de tous les vergers et potagers du Sud.

Malgré tout, j'ai compris qu'il y avait un bon côté à toute chose. Enfin, dans ce coin perdu, PERSONNE, absolument PERSONNE ne pouvait voir Rosalie Dansereau et s'en moquer.

Chapitre III
Honey

J'avais tort! J'aurais dû fuir à toutes jambes! Me cacher dans le placard le plus sombre de la maison! Grimper au palmier le plus haut! Mimer la noix de coco! Enfin... j'aurais dû comprendre quand tante Gudule s'est mise à hurler:

— Un requin! Un requin!

J'aurais dû jeter un petit coup d'oeil par-dessus mon chapeau. J'aurais pu voir le requin profiter habilement d'une dernière vague et venir s'échouer avec sa planche de surf à deux mètres de mon parasol.

Je n'ai eu ni le temps de m'enrouler en momie dans ma serviette de plage. Ni le temps d'enfoncer profondément la tête sous la masse d'aubergines, de papayes et de tomates entrelacées. Ni le temps de m'ensevelir comme une conque dans le sable. Je n'ai eu que le temps de reconnaître Terry Wayne et d'entendre:

— *Hi! Honey!*

Tout le monde s'est mis à rire comme une sapristi de mocheté de bande de traîtres.

Confuse, j'ai pointé un doigt devant moi et, sans lever les yeux de sous mon potager, j'ai lancé:

— *Terry, it's marvellous! Is it really you?*

J'ai ajouté, en agitant l'index vers l'océan:

— Il m'est arrivé *a terrible bad luck!* J'ai perdu mes *sun glasses* noires *in the blue sea.*

Une seconde plus tard, il plongeait dans la vague. J'en ai profité pour me débarrasser de mon chapeau. Courir au bungalow. Me débarbouiller. M'ébouriffer la tignasse. Emprunter l'énorme paire de lunettes de soleil du professeur de géo. Enfiler un long tee-shirt où c'est écrit: *I love Florida.* Et revenir, mine de rien, m'allonger sous le parasol.

Terry plongeait encore dans l'écume. Il restait une éternité sous l'eau. Il remontait prendre de l'air et replongeait de nouveau. L'amoureux de Diane cherchait, lui aussi. Mais le pauvre patrouillait timidement à la surface avec un masque et des pattes de grenouille.

Tante Élise, la sceptique, répétait sans cesse:

— Autant chercher une aiguille dans une botte de foin.

Enfin, comme le dauphin vedette à l'aquarium de Montréal, Terry a fait un bond terrible hors de la vague. Et miracle, il tenait, cette fois, ma paire de lunettes bien serrée entre ses dents!

J'ai jeté un coup d'oeil vers la sceptique. Tante Élise a haussé les épaules. Terry m'a tendu les lunettes en me demandant:

— *These your's, Baby?*

Fière, j'ai répondu:

— *Yes,* merci beaucoup.

Nous sommes ensuite allés marcher ensemble dans les dunes. Il parlait de surf, de planche à voile et de jeep. Il m'appelait *Honey, Sugar, Sweetheart,*

Honeybun, Sugarplum, Apple pie et *Baby*.

Évidemment, si Pierre-Yves Hamel m'avait appelée coeur sucré, brioche au miel, prune au sucre ou tarte aux pommes, il aurait eu l'air super ridicule. Mais, en américain, ce n'était pas ridicule du tout.

En fin de compte, Terry était venu exprès pour m'inviter à un party. À une super soirée dansante, au motel Ocean View. Je ne sais pas où j'ai pris l'idée qu'il allait me faire monter derrière lui sur sa planche de surf... Mais j'ai cru bon d'avouer que je ne savais pas nager.

Il a ri, puis il a dit:

— *It's* pas grave, *Honey. You dance? I'll pick you at seven,* avec ma jeep.

Et il a ajouté en riant encore:

— *O.K., Honey! How about a swimming lesson right now?*

Je n'ai pas eu le temps de répondre. On est revenus vers le parasol. Puis, un peu effrayée, je l'ai suivi dans l'eau.

Avec Terry, j'ai compris l'importance d'un vrai professeur pour éviter d'avaler des quarts d'océan Atlantique! Avec Terry, j'ai compris qu'il suffisait presque de remuer les membres, comme un chiot! Avec Terry, apprendre était aussi simple que de respirer!

Deux heures plus tard, non seulement je nageais, mais je plongeais et je me tenais déjà en équilibre sur sa planche de surf.

Depuis mon arrivée, pour la première fois, j'ai regardé avec gratitude l'océan si bleu. Puis le bungalow de rêve. Puis le parasol avec tante Élise dessous.

Elle lisait toujours sa brique de quatre cents pages sur les moeurs des babouins. J'en ai profité pour approcher. Et, délicatement, avec mille précautions, j'ai parlé... du party au motel Ocean View.

Évidemment, tante Élise est regrimpée dans les rideaux. Évidemment, elle me trouvait trop jeune pour partir avec un inconnu dans un pays inconnu. Évidemment, elle ne voyait rien d'intéressant à me savoir danser sur de la musique de sauvages, entre les cordes à linge d'Ocean View.

Évidemment, Gudule et Diane se sont mises de la partie et s'inquiétaient, elles, de mon coup de soleil. Puis de notre visite du lendemain à Disney Land. Moi, je

m'en foutais des Blanche-Neige et des Mickey de mon enfance. Je voulais rire avec des personnes de mon âge et manger avec tout le monde des hot-dogs, sur la plage.

Enfin, André Surprenant qui, lui, n'est pas une sapristi de mocheté d'adulte qui a peur de tout, a proposé de venir me conduire et me chercher ensuite avec sa Camaro. Le professeur de géo est monté bien haut dans mon estime. Ce n'était pas la liberté totale, mais au moins, ce soir, je pourrais rejoindre Terry Wayne et m'amuser.

Chapitre IV
Entre les cordes à linge d'Ocean View

Je n'aurais jamais pensé qu'il y avait autant de Québécois qui prenaient leurs vacances aux États-Unis. Au party d'Ocean View, la moitié des jeunes parlaient français.

C'était facile de reconnaître les Américains et les Américaines. Ils sont tous super bronzés. Ils ont tous les yeux super bleus, les cheveux super blonds. Ils sont tous super grands, mâchent tous de la gomme et sourient tout le temps.

Impossible de les imaginer sur un banc d'école, se creusant les méninges sur des règles de trois. En fait, les Américains et les Américaines ont toujours l'air en vacances.

Pour le reste, ils nous ressemblent beaucoup. Ils s'habillent avec les mêmes jeans, les mêmes tee-shirts. Mangent les mêmes hot-dogs relish-moutarde-ketchup. Écoutent les mêmes groupes rock et dansent sur la même musique.

Après trois danses, tous les Américains tournaient autour des Canadiennes et tous les Canadiens autour des Américaines. Je ne faisais pas exception à la règle. Le beau Terry Wayne ne me lâchait pas d'une semelle.

Enfin, même si je sais que j'ai beaucoup de maturité pour mon âge, j'étais super contente que Terry me donne quatorze ans. Et comme il venait de fêter ses seize ans, je ne l'ai pas contredit du tout.

Puis j'ai dansé, dansé avec la centaine de jeunes qui se déchaînaient sous l'immense chapiteau. Je buvais mon troisième coca lorsque la soeur de Terry est entrée. Elle tenait en laisse un chien bizarre, un afghan, je crois.

Avant même de savoir qui elle était, je l'ai haïe tout de suite. Elle et son chien attiraient l'attention comme des néons dans la nuit. Personne n'avait plus l'air d'entendre la musique et tous les gars s'agglutinaient autour d'elle pour caresser son chien.

Terry appelait sa soeur Baby Ann. Mais Anne Wayne était aussi grande que lui.

Ensuite, j'ai cru voir Pierre-Yves Hamel tout près de Baby Ann. J'ai eu le coeur serré. Je me suis approchée. C'était quelqu'un d'autre, quelqu'un qui

avait la même tête rousse que mon héros.

Avec Baby Ann dans les parages, j'aurais aimé savoir le Coconut Lodge à mille kilomètres au moins d'Ocean View. Mais le Coconut Lodge était à deux petits kilomètres à peine, autant dire collé sur Baby Ann.

Enfin, j'avais comme une drôle d'envie de lui arracher les yeux, lorsque Terry m'a saisie par le bras et tirée hors du chapiteau. Puis, glissant sa main dans la mienne, il m'a entraînée vers le bord de l'eau.

On a marché longtemps en louvoyant dans la mousse des vagues, d'abord sans dire un mot. Et Terry a reparlé de planche à voile, de surf et de jeep. Il m'appelait toujours *Honey! Sugar! Sweetheart! Apple pie! Sugarplum!* et *Baby!*

Enfin, il a glissé son bras autour de ma taille. J'avais les jambes comme de la guenille. Le coeur me battait drôlement dans les oreilles. Il allait m'embrasser, mais... j'ai entendu derrière moi:

— C'est toi, Rosalie?

Mon coeur a fait une sapristi de mocheté de chute dans les talons. Je me suis figée net. Il faisait noir comme chez le loup. J'ai repoussé Terry et je me suis retournée.

Une forme approchait. Je suais comme un coupeur de cannes à sucre à Cuba. J'avais honte surtout.

Puis j'ai entendu la voix répéter:

— C'est toi, Rosalie?! Je te cherche partout!

Fiou! Cette fois, j'ai reconnu la voix du professeur de géo.

Alors, sans même dire au revoir à Terry Wayne, j'ai couru comme une folle vers André et je l'ai suivi sans dire un mot jusqu'à la Camaro.

Tante Diane attendait, appuyée sur la portière avant. Elle surveillait les aiguilles phosphorescentes de sa montre. J'ai entendu:

— Vingt heures cinquante, Rosalie Dansereau. Tu veux me dire où tu te cachais?

C'est André Surprenant qui a répondu:

— Avec tous ces jeunes habillés pareil... j'ai eu un peu de mal à reconnaître son tee-shirt.

Le professeur de géo venait de refaire un bond terrible dans mon estime et je lui ai fait un grand sourire en descendant de l'auto.

Ensuite, j'étais si fatiguée que j'ai filé dans ma chambre. Je me suis endormie sans penser à Terry. Ni à Baby Ann, sa soeur. Ni même à Pierre-Yves Hamel que je n'avais pas encore vu et qui faisait je ne sais quoi dans son motel du Coconut Lodge.

Chapitre V
Six points de suture et deux Goofy

Le lendemain, on m'a réveillée presque aux petites heures du matin. Tante Gudule, pour faire la drôle, me secouait en hurlant:

— Debout, *Honey!* Debout, *Sweetheart!* Il faut partir tôt, *Sugar,* si l'on veut tout visiter!

J'étais beaucoup trop endormie pour répliquer. Je me suis laissé traîner à la salle de bains.

Je n'avais toujours pas très envie de visiter Disney Land. J'avais du mal à comprendre l'agitation des adultes pour des personnages de bébés. Bref, il y avait autant d'excitation dans la maison que le jour de la visite du père Noël dans une maternelle.

André et Diane préparaient en roucoulant un pique-nique de goinfre. Gudule chargeait les quatre appareils photo de films super sensibles! Super rapides! Super tout, quoi!

Élise sautillait sur un pied, puis sur l'autre... Elle avait tellement hâte, disait-elle, de visiter le zoo et ses lamas qui crachent, ses crocodiles endormis, ses hippopotames alanguis... Et à sept heures trente pile, nous roulions déjà vers Orlando. Vers Blanche-Neige, les sept nains, Mickey, Donald Duck, Pluto et Goofy.

Toujours coincée entre tante Élise et tante Gudule, je somnolais, la tête appuyée sur une caisse de boissons gazeuses, les pieds cloués par une autre caisse de boissons gazeuses.

Je rêvais à ma promenade de la veille. Et à mon grand héros viking. Il allait être super surpris d'apprendre que je savais nager. Enfin, je volais en équilibre sur la crête des vagues, lorsque la voiture bifurqua vers le stationnement de Disney Land.

J'ai bayé aux corneilles, étiré les bras et j'ai levé le nez... Encore une fois, j'en ai eu le souffle coupé. Le royaume de Disney paraissait aussi grand que l'océan Atlantique. Aussi coloré qu'un coucher de soleil sur l'océan Pacifique. Et les tours d'un vrai château pointaient comme des flèches aux quatre coins du ciel. C'était super beau! Super magique! Et pas bébé du tout!

Il y avait des milliers d'adultes, d'adolescents et d'enfants qui passaient les barrières. Ça grouillait partout. Puis j'ai eu l'intuition que Pierre-Yves Hamel était quelque part dans la foule. Puis la certitude que c'était aujourd'hui, et ici même, que nous allions nous revoir.

J'en étais si certaine que je n'ai pas été surprise, quelques minutes plus tard, d'apercevoir sa tête rousse. Et de la voir disparaître aussitôt dans une sorte de sous-marin de poche appelé *Vingt mille lieues sous les mers* et s'engloutir sous l'eau.

J'allais courir vers le monde de Jules Verne, mais tante Élise m'a retenue et crié comme si j'allais disparaître sur la face cachée de la lune:

— Défense de se séparer! Sinon, on ne se retrouvera jamais!

Ce fut le début d'une sapristi de mo-cheté de journée où chaque fois que je voulais aller à gauche, mes tantes me ti-raient à droite. Chaque fois que j'entrais dans un manège, je croyais voir Pierre-Yves en sortir.

Mes tantes ont dû prendre quarante millions de photos. Des photos de jungle et de perroquets. De pirates et de trésors. D'Indiens, de cow-boys, de fées, de prin-ces, de poupées mécaniques, de dragons électroniques. De stations orbitales et de cavernes des horreurs. Moi, je devais gri-macer au premier plan.

Bref, la journée s'est passée beaucoup trop rapidement à mon goût. C'est à pei-ne si, dans l'après-midi, j'ai pu faire trois tours de montagnes russes avec André. Six batailles de stock-cars avec Gudule. Et deux descentes en billots avec Diane.

Je n'avais toujours pas rencontré mon grand héros viking, mais j'ai pu tirer trois balles de baseball dans une jarre d'Ali Baba et gagner un super Goofy en pe-luche avant qu'Élise nous entraîne enfin vers ses lamas qui crachent, ses crocodiles endormis et ses hippopotames alanguis.

Un iguane immobile me fixait depuis

dix minutes, lorsque toutes les lumières du royaume de Disney se sont éteintes en même temps. Tout est devenu sombre. C'était le signal du début de la parade lumineuse. Tout le monde se bousculait vers la rue principale.

On a vu des dizaines de chars allégoriques, habités par des dizaines et des dizaines de personnages de contes de fées et de bandes dessinées, qui défilaient à la queue leu leu.

Je tenais mon Goofy serré sur moi. Puis entre le char de Cendrillon et celui du chien Pluto, de l'autre côté de la rue... je l'ai revu! C'était bien lui! C'était mon héros.

Il avait deux Mickey dans les bras. Et, de chaque côté des Mickey, il y avait deux Américaines! J'étais tellement certaine qu'une des Américaines était Baby Ann que... ç'a été plus fort que moi... Je me suis élancée pour traverser.

J'ai vu un clown, monté sur des échasses, qui poursuivait quelque chose. Je l'ai vu, mais le clown, lui, sans faire exprès, m'est tombé dessus. J'ai perdu connaissance. Dix petits oiseaux chantaient cui-cui.

Après la sérénade des petits moineaux, je me suis réveillée étendue dans le char allégorique de Blanche-Neige. Autour de moi, sept nains grimaçaient, mes tantes se lamentaient et André me tapotait les joues.

À l'infirmerie de Disney, une femme médecin m'a fait six points de suture derrière la tête. Et sans doute pour me consoler, le clown monté sur des échasses m'a remis un deuxième Goofy en peluche.

Dehors, la parade lumineuse semblait finie. On entendait déjà la pétarade de feux d'artifice qui clôturent toujours la journée au royaume de Disney.

Sans perdre une minute, tout le monde s'est engouffré dans la Camaro, mes trois tantes super inquiètes sur la banquette arrière et moi, triste à mourir, devant. La tête appuyée sur l'épaule d'André, je pensais à Pierre-Yves Hamel, à sa tricherie, à sa tromperie.

J'étais presque morte pour lui et il ne s'en était même pas aperçu. J'étais presque morte pour lui et le monstre regardait, avec Baby Ann, les gerbes de feux qui explosaient dans la nuit.

Ce n'était pas au royaume de Disney que l'on s'était revus... Et j'avais maintenant l'intuition, presque la certitude, que l'on ne se reverrait JAMAIS! Enfin, je veux dire, se voir, comme avant.

Chapitre VI
Key West

Le jour suivant, je l'ai entièrement passé allongée sur la véranda. Je soignais, à la fois, mon coup de soleil, mon crâne meurtri et mon coeur en charpie.

C'était plat à mourir. Personne n'a crié «Aux requins!» et la route qui longe l'océan Atlantique est demeurée aussi déserte que la mer de la Tranquillité après le passage d'Armstrong sur la lune.

J'en ai profité pour écrire ma deuxième carte postale. Je voulais dire à Julie Morin, ma meilleure amie, ce que je pensais des voyages en général et du beau Pierre-Yves Hamel, en particulier. Des points de suture, de la tricherie et de la tromperie aussi. Finalement, j'ai écrit en petit, petit:

Plage super! Sable fin comme des puces d'ordinateurs! Partys super capotants! Pierre-Yves un peu loin de notre bungalow de rêve. Mais je nage et je surfe avec un Américain! Disney Land super génial! Défilé lumineux super délirant! Te donnerai un des super Goofy en peluche que j'ai gagnés. T'embrasse et salue Chip, ton chat, et ton ordinateur.

J'ai signé: *Ton amie super, super heureuse.*

J'ai redemandé un timbre américain, mais comme, encore une fois, personne n'avait pensé à en acheter, j'ai déposé ma deuxième carte postale sur la première. J'ai pris un livre et je me suis endormie.

Ensuite, je crois bien que j'ai mijoté dans mon jus. J'ai fixé la crête des vagues. Puis la route dans les dunes. Puis encore les vagues. Puis encore les dunes.

J'avais beaucoup de mal à comprendre pourquoi mon héros préférait s'amuser avec une Américaine, pourquoi Pierre-Yves Hamel m'avait abandonnée.

Et le soir, dans mon lit, j'ai eu plus de mal encore à chasser l'image de sa bague. Je la voyais ballotter dans l'eau salée et s'enliser petit à petit dans le sable.

**

Vendredi matin, je n'avais plus mal à la tête. J'avais le nez et les épaules moins rouges, mais je pelais comme un oignon. Je n'avais plus envie de m'allonger sur la véranda et de m'abîmer les yeux sur l'horizon. J'avais le goût de bouger. Partir. Partir pour oublier.

Sur le mur de la cuisine, André Surprenant avait épinglé une carte des États-Unis. Il la parcourait du doigt. Nous étions tous les deux seuls à la maison. Je me suis approchée et j'ai dit:

— Moi, un jour, je quitterai tout et je ferai le tour de la planète!

J'ai même ajouté, pour lui voir l'air:

— Et ce ne sera pas dans bien longtemps!

Il a souri, puis il m'a raconté qu'à quatorze ans, il avait eu la même idée.

Qu'il avait fait une fugue de deux jours. Qu'il voulait d'abord se rendre au Mexique, puis continuer au bout des Amériques jusqu'à la Terre de Feu, mais que ses parents l'avaient rattrapé à la frontière américaine. Il a dit qu'il ne pouvait pas savoir, à l'époque, combien ç'avait pu les inquiéter...

Je me sentais si à l'aise avec André que j'ai demandé:

— Tu voulais partir parce que tu en avais assez ou bien parce que tu avais une peine d'amour?

Il a répondu:

— Ni l'un, ni l'autre. J'avais seulement envie de voir du pays et je ne voulais pas qu'on m'en empêche.

J'ai hoché la tête et j'ai marmonné en regardant les tuiles du plancher:

— Moi, avec mes sept tantes qui se prennent toutes pour mes mères, je ne me rendrais même pas au coin de la rue.

Puis j'ai osé poser la question qui me brûlait les lèvres depuis avant-hier:

— Qu'est-ce que tu penses d'un gars qui trompe sa blonde avec une Américaine?

C'était à son tour de hocher la tête.

Même que sa tête a bougé longtemps sur ses épaules avant qu'il réponde:

— Bof! Parfois, la jalousie est beaucoup plus détestable que la tromperie.

J'étais certaine qu'il allait ajouter quelque chose de plus intelligent... mais sa Diane revenait d'une promenade avec les bras chargés d'oranges grosses comme des pamplemousses. Elle avait découvert l'oranger abandonné quelque part derrière la maison. Comme il y en avait, paraît-il, des dizaines d'autres... ils sont partis tous les deux en se bécotant.

À les voir s'embrasser comme des perruches, j'ai pensé: «Jalousie... Jalousie! Je voudrais bien lui voir la tête, si jamais il trouvait sa Diane dans les bras d'un autre professeur de géographie!»

Bref, l'amoureux de tante Diane venait de dégringoler dans mon estime.

Finalement, je suis revenue à la carte des États-Unis. J'ai trouvé la Floride. Puis Saint Augustine où on avait dormi. Puis Daytona Beach, un peu au nord d'Ocean View. Puis Titus Ville, à côté de Coconut Lodge. Puis Miami Beach où j'irai peut-être un jour. Puis Key Largo au sud. Puis au sud du sud de la Floride,

Key West comme le bout des États-Unis.

***

Le ciel était couvert... j'ai pris ma bicyclette tout terrain et je l'ai appuyée sur le tronc de l'unique palmier. Puis je suis allée avertir tante Élise que j'allais faire un petit tour! Pas très loin! Histoire de trouver des pamplemousses gros comme des citrouilles! Tante Diane avait bien trouvé des oranges grosses comme des pamplemousses!

Après avoir promis trente-six fois de ne pas perdre la maison de vue, j'ai enfourché ma bicyclette.

Mon anorak était bourré de biscuits aux arachides. Ma brosse à dents était dissimulée dans mon costume de bain. Key West, adossé à la mer, était au bout du chemin, droit devant.

J'étais prête pour mon voyage autour de la planète. Prête parce que c'était beaucoup, beaucoup trop triste de rester ici.

***

J'ai roulé une heure sans regarder derrière. D'abord sur la route qui longe les dunes, puis sur une route en béton où s'alignent les hôtels et les motels. De temps en temps, je grignotais un biscuit. Puis la pluie s'est mise à tomber.

L'eau était chaude. Tombait dru. Je ne voulais pas m'arrêter. Pas avant d'avoir mis des kilomètres et des kilomètres entre le bungalow de rêve et moi. Entre ma BMX et la Camaro.

Il n'y avait personne dans les rues.

Malgré la pluie et mes vêtements dégoulinants, j'avais l'impression d'être aussi libre et légère que les centaines de goélands qui volaient au-dessus de ma tête. Puis les nuages se sont dispersés. Le soleil est apparu.

J'ai roulé, roulé. Puis j'ai eu chaud. Puis j'ai eu soif. Si chaud et si soif que j'ai dû m'arrêter à l'ombre d'un palmier. Je n'avais pas encore dépassé Ocean View, ni le Coconut Lodge. Key West était si loin devant.

Enfin, j'ai repris mon souffle en grignotant le reste de mes biscuits. Puis je suis repartie. Le soleil tapait si fort que tous mes vêtements avaient séché d'un coup. En pédalant, j'avais encore plus chaud. J'avais encore plus soif.

Puis j'ai vu une affiche qui annonçait,

à cinq kilomètres devant, les motels d'Ocean View. J'ai pensé que Terry serait sûrement content de me donner un peu d'eau. Puis je me suis dit qu'il voudrait peut-être aussi m'empêcher de rejoindre Key West. M'empêcher de prendre un bateau pour Cuba et de filer vers les îles sauvages. Alors, j'ai changé d'idée et j'ai décidé de ne pas arrêter.

Quinze minutes plus tard, je mourais toujours de chaleur, de soif et j'avais maintenant l'arrière de la tête en compote. Mes sapristi de mocheté de points de suture brûlaient et élançaient comme des morsures de serpents minute.

Alors sitôt que j'ai revu l'affiche, j'ai encore changé d'idée. J'ai bifurqué vers Ocean View et filé droit sur la plage. Là où, il y a trois jours, j'avais quitté Terry sans même lui dire au revoir.

Chapitre VII
Des quais et de la barbe à papa

C'était pour lui demander un peu d'eau et continuer ensuite mon voyage, mais...

Terry Wayne était si heureux, si content de me revoir. Il allait justement faire un tour aux salles de jeux électroniques des quais qui longent la mer.

J'ai rangé ma BMX sous le chapiteau de danse et malgré mes morsures de serpents j'ai sauté, à côté de lui, dans sa jeep.

Je sais que je n'aurais pas dû. J'aurais dû suivre ma première idée. Filer à la vitesse de la lumière vers Key West et disparaître à jamais dans une île vraiment perdue.

Je venais d'apprendre qu'Anne Wayne n'avait jamais mis les pieds à Disney Land et qu'avant-hier un Canadien un peu roux avait systématiquement visité toutes les roulottes d'Ocean View.

Je n'aurais pas dû, mais je suis allée quand même sur les quais abattre des avions fantômes et des sous-marins de poche. Manger des hamburgers. De la barbe à papa. Des glaces aux arachides. Des frites au vinaigre et des chips barbe-cue.

J'y suis allée et je riais. Je riais et Terry me tenait par le cou en chantant à tue-tête:

— *Darling...* je vous aime beaucoup.

C'était vrai qu'il aimait les Françaises. Et devant un stand de tir au pigeon il s'est arrêté, m'a serrée fort et je crois qu'il allait m'embrasser, lorsque j'ai entendu derrière mon dos:

— C'est toi, Rosalie?

Il ne faisait pas noir comme chez le loup et le soleil brillait même drôlement. Mais cette fois, avant de me retourner, j'avais reconnu la voix.

J'ai vu Pierre-Yves baisser les yeux. Enfoncer la tête dans les épaules et...

comme une sapristi de mocheté de gars qui vient de recevoir le pire coup sur le crâne de toute sa vie, tourner les talons et disparaître dans la foule.

Je ne pouvais pas courir après lui, j'étais rivée au sol. Plombée comme un quillard de dix tonnes. Je ne pouvais pas crier, j'aurais eu l'air d'une folle. Je ne

pouvais pas pleurer, j'aurais eu l'air d'un bébé. Alors, j'ai secoué ma tignasse d'indienne javanaise et j'ai dit:

— Je devais faire une fugue de trois jours, mais j'en ai assez, je veux rentrer.

On est repartis vers Ocean View. Sûrement parce qu'il est Américain, Terry souriait toujours. Il souriait encore quand j'ai repris ma bicyclette tout terrain pour revenir au bungalow.

Je roulais depuis dix minutes, lorsque j'ai croisé la Camaro d'André. Elle filait comme une voiture de police dans Miami Vice. Puis elle a freiné sec, en soulevant la poussière, comme la Land Rover d'Indiana Jones dans le désert.

Elle faisait un demi-tour tout à fait spectaculaire, lorsque je me suis rangée sur le côté. La Camaro est arrivée à ma hauteur. J'ai vu trois regards affolés. Avant que tante Élise ouvre la bouche, j'ai dit, en baissant les yeux:

— Je voulais me rendre à Key West. Prendre un bateau pour Cuba. Filer vers les îles Galapagos. Visiter l'Afrique. La Malaisie. Les îles Fidji, mais... en chemin j'ai eu un pépin.

J'ai relevé les yeux, vu quatre bouches

ouvertes. J'ai poursuivi:

— Je ne monte pas avec vous. Je préfère rentrer seule sur ma BMX tout terrain.

Mes tantes n'ont pas dit un mot. André m'a fait signe de passer devant. Et ils ont roulé derrière moi jusqu'au bungalow de rêve.

Je pédalais. Pédalais. La tête vide. Le coeur brisé. Insensible aux mille morsures de serpents minute qui grignotaient encore mes points de suture.

En arrivant, je me suis affalée sous les palmes du cocotier solitaire et j'ai pleuré doucement.

J'imagine qu'André a su retenir mes tantes parce que j'ai pu pleurer en paix. Pleurer et sangloter jusqu'à ce que mille millions d'étoiles apparaissent au-dessus de l'océan Atlantique.

Chapitre VIII
Le Coconut Lodge

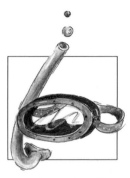

Je n'ai pas eu besoin d'expliquer l'incident de Key West. André avait tout compris. Mais en ce qui concerne les gens qui trompent les autres, il comprenait à l'envers. Il s'imaginait encore que je mourais de peine et de jalousie, alors que je crevais d'inquiétude et de honte.

J'ai donc préféré ne rien lui dire du tout. Finalement, il est remonté de vingt-deux crans dans mon estime en m'offrant de me conduire à Coconut Lodge, le dimanche suivant, et de m'attendre aux alentours en faisant de la plongée avec Diane.

J'ai trouvé rapidement le motel des

Hamel. Mais Pierre-Yves était parti à la pêche en haute mer avec son père. Mme Hamel, étendue sur une chaise longue, n'avait pas l'air heureuse de me voir. Elle insistait tellement sur le sérieux et l'intérêt nouveau que Pierre-Yves manifestait pour les activités de son père que j'ai compris.

J'ai compris que mon grand héros viking filait un mauvais coton. Qu'il était en danger. Après tout, mourir d'amour, ça arrive même aux garçons!

J'aurais bien voulu m'asseoir à côté d'elle, mais elle n'avait pas l'air d'y tenir tellement. Elle racontait que son fils revenait très tard le soir. Qu'il partait très tôt le matin. Que demain et après-demain, ce serait la même chose.

Madame sa mère n'avait pas changé. Elle faisait toujours des tas de chichis et dorlotait son fils comme un bébé. Malgré tout, j'aurais aimé lui parler encore, mais elle ramassait déjà ses cliques, ses claques, son sac de plage et ses sandales. Et sans même m'inviter, elle s'engouffra dans son motel.

C'est à peine si j'ai eu le temps de crier:

— Vous lui direz que je suis venue...
Et que je reviendrai!

Elle a répondu en marmonnant:

— Promis, ma petite Rosalie.

Je me méfie quand Mme Hamel m'appelle sa petite Rosalie... Sûr et certain qu'elle se doute de quelque chose. Qu'elle m'en veut à mort de faire souffrir son fils. C'est toujours comme ça, les mères qui n'ont qu'un enfant. Moi, plus tard, je serai vétérinaire et j'aurai une sapristi de mocheté de bande d'enfants.

Finalement, je suis revenue vers la lagune et j'ai pataugé dans l'eau avec Diane et son professeur de géo.

J'ai nagé des heures entre les amoureux. J'améliorais sérieusement mon style papillon, lorsqu'ils ont décidé de revenir au bungalow. J'ai supplié André d'attendre trois petites minutes. Histoire de retourner au motel. Voir si Pierre-Yves était revenu de son voyage en haute mer. IL L'ÉTAIT.

Il rangeait son attirail de pêche. Alors, timidement, avec mille précautions, je me suis approchée et j'ai dit:

— C'est moi, Rosalie.

Il a relevé la tête. Il allait dire quelque

chose, mais il n'a rien dit du tout. Encore une fois, il a baissé les yeux et tourné les talons. Et comme un gars qui n'est pas encore guéri du pire coup qu'il a reçu sur le crâne de toute sa vie, il s'est barricadé à son tour derrière la porte de son motel.

J'ai attendu, debout comme un piquet. Puis je l'ai revu, le front appuyé à une des fenêtres. Il fixait le vague. Moi qui m'attendais à des reproches, des mots pas gentils, j'étais désespérée. Désespérée de voir ses deux yeux tristes qui ne pouvaient même plus me regarder dans les yeux.

Je n'avais pas le choix, je suis repartie. À plat ventre sur le siège arrière de la Camaro, j'ai reniflé. Puis sangloté. Puis pleuré à chaudes larmes. Puis à gros bouillons.

Plus tante Diane racontait que ce n'était pas la fin du monde! Qu'il y avait sur la planète des garçons plus beaux que Pierre-Yves! Plus gentils et PLUS FIDÈLES surtout! Plus je chialais.

Heureusement qu'en arrivant, mes deux autres tantes lisaient, étendues sur la plage... J'ai filé aux toilettes. Pleuré encore. Puis je me suis mouchée, lavée et remaquillée. Enfin, je suis revenue m'asseoir sur la véranda pour écrire ma troisième carte postale.

Je voulais demander à Marco Tifo si un gars pouvait réellement se laisser mourir d'amour. Après tout, Marco était mon ex-amoureux. Il avait même failli se rompre le cou pendant tout un hiver dans son garage, en tentant de réussir, pour moi, son triple saut périlleux arrière*.

Bref, je voulais lui raconter ma promenade sur les quais. Je voulais lui raconter Key West. Je voulais lui raconter au sujet de Terry. Et finalement, j'ai écrit en petit, petit:

Mon style papillon déjà super! Ferai sûrement les Jeux du Québec avec toi, l'an prochain! Me suis rendue presque à Key West avec ma BMX tout terrain! Ai gagné un super Goofy en lançant une balle dans une jarre d'Ali Baba! Vacances de rêve, quoi!

J'ai signé: *Rosalie, ton amie.*

*Voir *Le héros de Rosalie*, chez le même éditeur.

Je n'ai pas demandé de timbre américain. Je savais que personne n'en avait encore acheté. J'ai seulement glissé ma carte postale sous les deux autres. Il était temps. Tout le monde remontait de la plage, affamé.

André Surprenant s'affaira immédiatement au barbecue. Il mit le feu aux briquettes et souffla dessus.

Tante Élise, qui décidément devenait aussi embêtante que le Céleri surveillant, se plaignait que nous mangions trop souvent des hamburgers! Que le charbon de bois était mauvais pour la santé! Qu'heureusement il ne restait que cinq jours de vacances! Qu'en arrivant sur le boulevard Saint-Joseph, on allait enfin se remettre à une nourriture plus saine et plus équilibrée!

Moi, des hamburgers, j'en mangerais tous les jours. Mais, aujourd'hui, je n'avais pas d'appétit. Huit jours de vacances étaient partis en fumée et aucun des mille projets échafaudés avec Pierre-Yves ne s'était réalisé.

Enfin, tante Gudule qui étendait une deuxième couche de mayonnaise sur son pain a lancé, comme si la crème blanche

lui rappelait quelque chose:

— Oh! *Honey!* Ton requin américain a rôdé tout l'après-midi autour du parasol. Il semblait très déçu de te savoir au Coconut Lodge.

J'ai répondu, amère:

— Lui... il peut bien aller faire ses petits tours ailleurs! Il ne parle que de surf, de planche à voile, de jeux électroniques et de jeep.

Tout le monde m'a regardée comme

si j'étais malade. Mais je savais bien, moi, que c'était avec mon grand héros viking que j'avais tellement de choses en commun.

Des choses comme... les livres dont vous êtes le héros. Des choses comme... le petit Léopold, fils de Timinie, sa chatte, et de Charbon, mon chat.

Des choses comme... son hospitalisation en pleine tempête du siècle. C'était la fois où il avait failli mourir d'une supposée grippe de Hong-Kong qui avait, paraît-il, dégénéré en pneumonie et qui n'avait été, au fond, qu'une vulgaire coqueluche à la noix*.

Enfin, des choses qui avaient constamment failli mal tourner et qui nous avaient rapprochés. Des sapristi de mocheté de choses qui me donnaient encore l'envie de chialer.

Et je crois bien que j'allais me remettre à pleurer. Mais André venait de prendre tante Diane dans ses bras pour la bécoter. Et de les voir s'embrasser m'a rappelé quelque chose.

Quelque chose qui maintenant me

---

*Voir *Rosalie s'en va-t-en guerre*, chez le même éditeur.

paraissait si sage et si intelligent. Quelque chose qu'il me fallait dire sans faute à Pierre-Yves. Quelque chose qu'il devait savoir à tout prix!

Finalement, le professeur de géo est monté si haut dans mon estime que je n'ai pu m'empêcher de me jeter dans ses bras pour l'embrasser.

Chapitre IX
La troisième
ou la quatrième bouée

Le lendemain, André Surprenant est revenu me conduire au débarcadère du Coconut Lodge.

Assise au bout du quai, j'ai attendu pendant trois heures le bateau de pêche des Hamel. J'avais tout mon temps pour penser. Pour tourner et retourner dans ma tête la fameuse phrase du professeur de géo.

J'avais tellement hâte d'expliquer à mon héros que la plus petite sapristi de mocheté de jalousie était plus détestable que la plus énorme sapristi de mocheté de tromperie. Je voulais lui lancer à la figure ce qui me paraissait maintenant si intelligent, si sage et si vrai.

Je voulais lui dire qu'avec Terry Wayne, je n'avais fait qu'abattre des avions de chasse et des sous-marins de poche. Qu'enfin il n'y avait rien, absolument rien eu d'important entre nous. Qu'il ne fallait plus m'en vouloir et me regarder comme la pire sapristi de mocheté de monstre.

Enfin je voulais lui dire qu'il nous restait à peine quatre jours de vacances pour rire et s'amuser ensemble. Je voulais lui dire... mais je n'ai pas pu.

C'était trop horrible. Trop monstrueux ce que j'ai vu quand le bateau des Hamel est revenu au débarcadère. J'étais si malheureuse, si bouleversée que même Key West, même la Malaisie, les Galapagos et la Terre de Feu n'auraient pu me consoler.

Pour montrer à celui que j'aimais à quel point j'avais mal et à quel point je lui en voulais, j'ai grimpé sur le parapet du quai, j'ai fixé l'eau profonde et je me suis laissée tomber juste devant le bateau qui accostait.

J'avais appris à ne plus avaler des quarts d'océan Atlantique. Il me suffisait de battre des mains comme si je me noyais et d'attendre.

Attendre que Pierre-Yves Hamel lâche son Américaine et plonge pour me secourir... parce que cette fois, c'étaient bien Baby Ann et son afghan qui se collaient à mon héros, dans le bateau.

En sautant, j'avais eu le temps de voir Pierre-Yves tripoter une bonbonne d'oxygène, Anne Wayne cracher dans un masque de caoutchouc et M. Hamel agiter les bras dans ma direction.

Je gigotais dans l'eau salée. Pierre-Yves venait de plonger. J'attendais.

Pierre-Yves m'a d'abord saisie par les cheveux... Puis empoignée par le menton. Il me tirait, tirait vers le bateau. Tout se passait comme prévu. J'étais la noyée, lui était mon héros!

Ensuite, j'ai entendu des cris, des *help* qui venaient de partout. Enfin on était presque rendus au bateau quand j'ai reçu sur la tête une première bouée de sauvetage. Puis une deuxième.

La troisième ou la quatrième m'a assommée net. Pour la seconde fois depuis mes vacances en terre américaine, je suis tombée dans les pommes et j'ai réentendu le cui-cui des oiseaux.

J'ai repris connaissance sur le quai. Et je n'ai ni senti le bouche-à-bouche, ni vu mon héros qui me donnait la respiration artificielle. J'ai plutôt senti Baby Ann qui me massacrait les côtes. Et son chien afghan qui me léchait les joues.

Pierre-Yves Hamel, lui, me soutenait la tête. Quand j'ai enfin réussi à recracher l'Atlantique en entier, il a marmonné à mon oreille:

— Tu es la pire folle que je connaisse, Rosalie Dansereau.

J'étais beaucoup trop à l'envers pour lui dire tout ce que je pensais. Heureusement pour moi.

Quelques minutes plus tard, j'apprenais non seulement que Baby Ann était la meilleure véliplanchiste, la meilleure surfeuse et la meilleure *lifeguard* de la côte, mais, j'apprenais aussi qu'elle était la meilleure monitrice de plongée sous-marine.

Pierre-Yves venait tout juste de prendre son premier cours de plongée. Madame sa mère avait tellement insisté pour qu'il se change les idées, c'est elle qui avait tout organisé. Finalement, il n'y avait rien, absolument rien eu entre Baby

Ann et mon héros.

Nous allions enfin passer ensemble les plus belles sapristi de mocheté de vacances de notre vie. Pierre-Yves ne me regardait plus comme la grande responsable du pire coup qu'il avait reçu sur la tête. Pierre-Yves me reparlait enfin. Mieux, j'avais risqué le tout pour le tout et mon grand héros avait pu, encore une fois, jouer les héros.

Chapitre X
Encore une fois...

Les jours suivants, je n'ai pas eu le temps d'écrire la moindre carte postale. J'étais trop occupée. D'abord, mardi, Pierre-Yves a tenu mordicus à m'apprendre à nager.

Je ne pouvais pas lui dire que je savais déjà. Il aurait compris pour mon faux plongeon du débarcadère. Alors, il m'a fallu, encore une fois, mimer les chiots. Reculbuter dans la vague. Réavaler des quarts d'océan Atlantique et recracher par les oreilles, la bouche et le nez la sapristi de mocheté d'eau salée.

Mercredi, Pierre-Yves a tenu absolument à faire une longue randonnée à bicyclette. Partir de Coconut Lodge et filer vers le sud. Je ne pouvais pas lui dire au sujet de Key West. Ni de Cuba, de la Malaisie, et des îles Galapagos. Alors, on s'est rendus, en pédalant, aux alentours de Palm Beach.

Encore une fois, j'ai eu chaud et j'ai eu soif. Nous avions dépassé Ocean View depuis longtemps, lorsque les serpents minute se sont remis à me mordiller l'arrière du crâne. Trois de mes points de suture ont lâché. Le sang coulait un peu. On s'est arrêtés.

J'ai raconté à Pierre-Yves à quel point Disney Land était dangereux pour les enfants, beaucoup plus dangereux qu'un épisode de Miami Vice! Que c'était justement en visitant le zoo de Disney qu'un méchant babouin, profitant de ma fascination pour un lama qui crache... m'a lancé par la tête une noix de coco aussi grosse que la citrouille du carrosse de Cendrillon!

C'est en lui expliquant comment une femme médecin m'avait recousu le crâne que mon grand héros viking est tombé dans les pommes.

Pendant qu'il écoutait à son tour les

cui-cui des oiseaux, j'ai téléphoné à madame sa mère. Elle est arrivée une heure après. Comme Indiana Jones dans sa Land Rover, en faisant crisser les pneus et en soulevant la poussière.

Et nous sommes finalement revenus de notre expédition au sud de la Floride, confortablement assis dans l'automobile familiale des Hamel avec nos deux BMX sur le toit.

Puis, jeudi, Pierre-Yves a tenu absolument à ce que je monte avec lui sur sa planche à voile. Je ne pouvais pas lui dire qu'un requin blond, avec les yeux beaucoup beaucoup plus bleus que la mer bleue, m'avait, lui aussi, promenée sur sa planche de surf en m'appelant *Honey.*

Enfin, on est partis du Coconut Lodge et une heure plus tard on s'est retrouvés, par malchance, juste devant le chapiteau de danse d'Ocean View.

Pire, le requin blond, en me reconnaissant, a mis immédiatement sa planche de surf à l'eau. Il bondissait en tournant autour de nous. Il hurlait, comme une sapristi de mocheté d'imbécile:

— *Hi! Honey! Hi! Sweetheart! Hi! Apple pie! Sugarplum! Hi! Honeybun!*

Hi! Sugar! Hi! Baby!

Comment expliquer! Comment expliquer à mon héros que c'était avec lui et non avec Terry que j'avais tellement de choses en commun.

Pierre-Yves avait déjà repris son air de gars qui n'avait pas encore oublié le pire

coup qu'il avait reçu sur la tête. J'ai donc décidé que c'était le moment, le moment ou jamais, de lui faire comprendre la fameuse phrase si sage, si vraie et si intelligente du professeur de géo.

Je me suis étendue sous la voile et j'ai expliqué. J'ai expliqué, malgré les *Honey,* les *Sugarplum* et les *Sweetheart* du beau Terry... à quel point la jalousie était détestable.

Il n'a pas eu l'air de comprendre. Même que mon grand héros avait repris son regard perdu. Son regard avec des yeux si tristes qu'encore une fois, il n'arrivait plus à me regarder dans les yeux.

Avant qu'une Baby Ann arrive dans les parages, j'ai fait exprès pour perdre l'équilibre et faire chavirer la planche. Surpris, Pierre-Yves a avalé une bonne gorgée d'eau salée. Mais, d'un coup, il a retrouvé sa tête de gars qui veut survivre à tout prix.

C'est ce soir-là que tante Élise est sortie de son paradis perdu pour remettre les pieds au cirque d'Ocean View. Elle avait enfin terminé sa brique de quatre cents pages sur les moeurs des babouins. Elle devait manquer de compagnie.

Elle a dû en manquer beaucoup, puisque c'est elle, la sauvage, qui a invité Pierre-Yves, sa famille, la bande de requins qui surfait, Terry, sa soeur et même son père, le gérant d'Ocean View, à venir, le lendemain, manger des hamburgers sur la plage.

C'était la veille de notre départ. Il faisait beau, il faisait chaud. On s'amusait. On dansait. C'était super! Le bungalow du bout du monde n'était plus perdu du tout.

Pierre-Yves n'en voulait plus à Terry. Baby Ann dansait avec son afghan. Les Hamel discutaient avec Gudule. Et... le professeur de géo soufflait sur ses briquettes. Même qu'à un moment je l'ai vu souffler drôlement.

Je crois que le gérant d'Ocean View s'intéressait un peu trop à son goût au chapeau fleuri de tante Diane.

Finalement, la journée aurait été presque parfaite si je n'avais pas entendu tante Élise dire et redire à Terry:

— *She's twelve,* à peine... le mois passé.

Le beau Terry a marmonné:

— *Incredible! Absolutely incredible.*

But... she's JUST A BABY!

J'ai vu tante Élise incliner la tête et répéter:

— *Yes! She's JUST A BABY!*

J'aurais voulu la tuer. Lui faire avaler une par une les quatre cents pages de son livre sur les moeurs des babouins. Finalement, pour prouver à quel point je n'étais plus un bébé, j'ai secoué ma tignasse d'indienne javanaise, foncé sur Terry et j'ai crié pour que tout le monde entende:

— Oh! Terry, il m'est arrivé, *a terrible bad luck. I have lost* ma bague de fiançailles... *My ring, you know? In the blue sea.*

Puis je me suis lancée au cou de Pierre-Yves. Tout le monde plongeait déjà dans les vagues. Mon grand héros, lui, n'avait pas bougé. Il m'a seulement demandé:

— De quelle bague, au juste, tu veux parler, Rosalie Dansereau?

J'ai répondu:

— De la tienne, Pierre-Yves Hamel!

Il a marmonné:

— Décidément, tu perds tout, Rosalie Dansereau!

C'était vrai. J'avais perdu sa bague et

autrefois, j'avais perdu deux chats*. Honteuse, j'ai chuchoté à son oreille:

— Tu me pardonnes, *Honey?*

Pierre-Yves Hamel a fait une sapristi de mocheté de grimace. Il a trouvé le *Honey* si ridicule que j'ai dû promettre de ne plus jamais jamais le répéter.

Madame sa mère s'approchait de nous et avant qu'elle refasse ses tas de chichis, j'ai entraîné Pierre-Yves dans les vagues.

Avec tout le monde, on a plongé, puis replongé pour retrouver la bague. On a cherché longtemps, mais personne, pas même Terry n'a pu la retrouver.

Puis, le soleil s'est couché. J'ai pris la main de mon grand héros et je suis allée faire un tour dans les dunes. Je crois qu'on n'a jamais été si bien tous les deux. Ensuite, quand Pierre-Yves et moi sommes revenus, tout le monde se disait déjà au revoir.

Puis tout le monde est parti. Le gérant du motel. La famille Hamel. Puis les surfeurs. Puis Baby Ann. Puis Terry Wayne. Et finalement, Pierre-Yves, seul, sur sa BMX.

*Voir *Le héros de Rosalie,* chez le même éditeur.

C'était triste. Si triste de revoir le bungalow comme la mansarde de Robinson Crusoé. Si triste de savoir que mes vacances aux États-Unis étaient finies. Si triste de devoir, le lendemain, empiler sur le toit de la Camaro nos quatre étages de bagages. Si triste d'abandonner la bague de Pierre-Yves aux pieuvres, aux éponges, aux méduses et aux poissons tropicaux.

Si triste enfin que j'ai couru chercher une pile de cartes postales et une lampe de poche. Je me suis appuyée sur le tronc du palmier solitaire et j'ai écrit... écrit, en gros, gros, à Benoît, à Polo, à Piam Low. À Marise, à son frère et encore à mes tantes. Encore à Marco, et encore à Julie, ma meilleure amie:

> *Sapristi de mocheté de vacances de rêve!!! De retour bientôt!!*
> Et j'ai signé: *Rosalie Dansereau.*

J'ai mis toutes les cartes postales entre les pages du livre que je n'avais pas eu le temps de lire. Je me suis promis, demain, d'acheter sans faute, douze timbres américains. Et après, j'ai ravalé ma salive et je suis rentrée.

Épilogue

La vieille Camaro d'André se traînait enfin sur les autoroutes canadiennes. C'était si loin Montréal, si grand le Québec! J'avais si hâte d'arriver. Si hâte de revoir mes amis, mes tantes et Charbon, mon chat.

Puis... j'ai eu le souffle coupé. J'ai pensé: «Comme c'est beau, le boulevard Saint-Joseph!» D'un coup, je me suis rappelé la pile de cartes postales oubliées entre les pages de mon livre. Et je me suis dit: «Décidément, Rosalie Dansereau, tu oublieras toujours tout!»

Le lendemain, avant d'y coller mes douze timbres canadiens, j'ai relu tranquillement mes douze cartes postales. En caressant Charbon, j'ai rêvé à la mer bleue. J'ai rêvé aux palmiers et j'ai rêvé aux noix de coco. Finalement, j'ai rêvé longtemps en pensant aux sapristi de mocheté de belles vacances que j'avais passées aux États-Unis.

Table des matières

Achevé d'imprimer
sur les presses de Litho Acme Inc.
1er trimestre 1990